Relatos y otras obsesiones

Relatos y otras obsesiones

María Evelia
Santana Concepción

Colección dirigida por: Ánghel Morales García
Directora de arte: Marina Zambrana

Relatos y otras obsesiones

Primera edición: 2024
© De la edición:
Ediciones Idea, 2024
Ediciones Aguere, 2024
© Del texto: María Evelia Santana Concepción
© De la imagen de cubierta: María Evelia Santana Concepción

Ediciones Idea
• San Clemente, 24 Edif. El Pilar
38001, Santa Cruz de Tenerife
Tel.: 922 532 150
Fax: 922 286 062
• León y Castillo, 39 - 4º B
35003 Las Palmas de Gran Canaria
Tel.: 928 373637 - 928 381827
Fax: 928 382196
correo@edicionesidea.com
www.edicionesidea.com

Ediciones Aguere
• Tribulaciones, 23
38001, Santa Cruz de Tenerife
Tel.: 922 288 724 / 676 863 442
nacioncanaria@hotmail.es

Fotomecánica e impresión: Gráficas Tenerife, S.A.
Impreso en España - Printed in Spain
ISBN: 978-84-10272-43-9
Depósito Legal: TF 723-2024

Fue como despertar a la vida...
Y vi el mundo con diferentes ojos,
como si hubiera abierto primero uno
y el otro un instante después; simplemente desperté...
Para mis mayores motivos en esta vida...
Mis hijas

DESENCANTADA

Algo raro parecía indicar que las cosas no andaban del todo bien por el extraño sonido que cada vez más a menudo brotaba de su garganta, hasta un amigo que la acompañaba decía que le recordaba al croar de una rana. La verdad es que en aquellas vacaciones en la Gomera hasta los sapos de Valle Hermoso parecían que le contestaban a su reclamo.

Ella había oído hablar de cuentos y leyendas de ranas convertidas en princesas y, lo cierto es que, se empezó a obsesionar pensado que quizás su caso fuera precisamente a la inversa, o que quizás ella fuera como aquellos anfibios en los primeros años de su vida y algo le pasó que se convirtió en princesa… Ante tal premisa y como no recordaba, o no podía recordar nada de su pasado, nada anterior a su primer beso, decidió raudamente ir a dar con su madre para que la sacara de toda duda.

Preguntó a su madre y no la pudo ayudar, no parecía recordar en que momento había nacido. Ella pensó: puede ser por la demencia senil que padecía, pues su madre desde algún tiempo atrás estaba ingresada en una residencia para ancianos. Quizás su madre solo estaba molesta con ella y se ofuscara al ver que solo acudía a ella para

11

aclarar su gran duda, y puede que existiera en ella resentimiento por verse en ese lugar. Lo cierto es que de su boca solo salieron las siguientes palabras «tú naciste un día de luna llena cuando yo estaba junto al estanque» y, de repente, se hizo un silencio largo y profundo de sus labios, su mirada se quedó perdida como eso que le dicen en el «limbo», y su rostro impávido, como congelado en el tiempo...sus labios se silenciaron y en aquel lugar sombrío y sin tiempo, no parecía oírse ni el aletear de una mosca, no sé si por respeto o porque en esos lugares ni las moscas se atreven con su algarabía.

Ella no sabía si era por la edad que tenía, pero los príncipes parecían haberse convertido en seres desagradables, egoístas, vanidosos y se solían mirar más al espejo de lo que ella parecía recordar. Ni siquiera eran como lo de los cuentos o los de cualquier novela épica, de esos con pensamientos nobles, con armadura y espada; no de esos no eran, aseguró ese otro ser que parecía interrogarle desde dentro de su inconsciente. Y ese mismo ser concluyó: No, sin armadura, sin espada, ni siquiera rosas a veces, para compensar tanta falta de mal gusto.

Los príncipes ya no hablaban. La verdad es que rara vez se acercaba alguno con tal propósito y cuando lo hacían parloteaban y parloteaban cosas absurdas, cosas que ella no parecía comprender, parecía que lo hacían en otro idioma.

Divagando una y otra vez sobre este asunto empezó a pensar que quizás se le había pasado la edad de ser princesa, o que quizás sus ojos no podían ver la realidad y todo se había disuelto en una espesa cortina de humo, o quizás no tenía pensamientos de princesa... pensamientos de esos de vida rosa, de ilusiones casi absurdas, o su mundo real se le estaba lentamente volviendo cuesta arriba. Ser princesa era acaso ¿Una forma de pensar? ¿Tendré que pensar como una princesa para quizás ver príncipes? pensó. ¿O eran los demás los que hace tiempo la estaban viendo rana y por eso ella empezaba a sentirse como tal?

Una mañana ojeó el periódico y pensó que el destino se había puesto a su favor para sacarla de toda duda, ese mismo día daba una conferencia en la ciudad un autor muy reconocido de libros de ayuda personal, que había vendido miles de copias de su libro y además era un famosísimo Catedrático de la Complutense de Madrid, como ella diría todo un *crack* en la materia.

En aquella conferencia el orador se movía muy seguro de un lado a otro del estrado parecía una persona inquieta, flexible y sobre todo cercana, eso le daría la fuerza para acometer la posterior hazaña. Ella tuvo la impresión de que era una persona muy instruida en estos temas y, con su forma de expresarse, parecía que conocía todos los entresijos del comportamiento humano. De vez en cuando él paraba en medio del estrado y miraba fijamente al público, sobre todo a la primera fila donde ella se encontraba, y ella llegó a tener la extraña sensación que tienen los adolescentes cuando van a un concierto de su cantante favorito, que él se dirigía solo a ella.

Por eso lo abordó a la salida de la conferencia aprovechando que era la primera persona que se acercaba y, de una manera un poco brusca e insistente, le explicó brevemente lo que le pasaba. Él la miró atónito y si más interés, su rostro parecía alcanzar por momentos la forma de un gigantesco interrogante, su boca muda con una mueca pronunciada de lo absurdo. De repente, un leve recogimiento de hombros como diciendo con gestos: ¿y a mí que me cuentas? Rápidamente giró la cabeza y puso su interés en los demás que le acosaban y daban muestras de su gran admiración. Otra vez se había quedado sin saber que le pasaba, y la extraña profecía que había surgido a primera hora de la mañana se desvanecía lentamente. Otra vez se había sentido un poquito más rana y otra vez ese extraño ruido volvía con más y más fuerza.

Decidió entonces que acudiría a los mejores especialistas, previo pago claro, y así empezó su andadura de especialista en especialista, no en ranas, sino en psicólogos en su mayoría. El primero concluyó: estrés, el segundo: leve trastorno de la personalidad, el tercero: grave complejo de inferioridad, y por último un psicólogo amigo concluyó: «lo mismo le pasó a mi mujer».

Ella recordó en un instante la leve noción de su primera existencia y recordó que tuvo sus primeros vástagos, recordó que desde entonces día

14

tras día había hecho lo mismo, cuidar a los demás y se había levantado temprano, para laborar, y volver a laborar, cuando llegaba por la tarde a su hogar; por supuesto en latín, que parece que trabaja uno menos, por eso de que era mujer –valoración sin duda, masculina–.

Recordó que un día, su primer príncipe, aquel del beso, la había dejado por otra. Una rubia –que como princesa tiene mucho más *glamour*– y por supuesto mucho más joven.

Miró a su alrededor y se dio cuenta que no tenía mucho más que al principio. Después de tanto esfuerzo no tenía más de lo que había tenido su madre y que posiblemente, a no ser que el azar o la fortuna le sonrieran, seguiría teniendo lo mismo: deudas, pagos, obligaciones… y en una de sus lucubraciones pensó: «¡qué triste me moriré con los mismos azulejos en la cocina!». Pensó también que cuando la cosa parecía mejorar siempre pasaba algo o le congelaban el sueldo por eso de la crisis, y que su vida siempre había sido un vaivén de avatares y, que igual que las ranas de aquel estanque, se había pasado la vida sobreviviendo. Y concluyó entonces: no es tan malo ser rana –en Valle Hermoso no en China, por supuesto–. Ellas al fin al cabo hacían lo mismo: sobrevivir. Y por lo menos cada noche si fuera rana oiría el croar de un sapo que respondería a sus llamadas en busca de pareja.

A partir de ese momento se tranquilizó, no le supondría ningún problema si estuviera convirtiéndose en rana.

15

Esto quizás no sea un cuento infantil, porque no enseña nada bueno ni tiene moraleja alguna, o quizás sí, y enseñe que puede que nos compliquemos la vida sin querer y en cosa absurdas –desdeñando todo lo simple– para terminar resumiendo todo a un simple principio inherente a la existencia como es la supervivencia.

Tan solo quizás explique brevemente el por qué no existen princesas de más de cuarenta, pueden que todas hayan retornado a sus estanques, o empezando a suspirar por el croar de un sapo en sus oídos.

Ahora si por casualidad ven alguna, por favor remitidle mi mail para que me explique el por qué continuó siendo princesa. Por supuesto tiene que ser una princesa que no esté incluida en la nómina de la factoría de Hollywood.

MEMORIAS
DE UN ÁNGEL CAÍDO

¿Qué se escondía tras mi deseo de aprender esgrima? ¿Defenderme quizás? Como en esas novelas épicas de las fuerzas del mal, de los señores oscuros del averno... Luchar o morir luchando con las botas puestas, o descalza quizás como los Sioux, armada entre la maleza.

No sé por qué he caído al submundo. Caí un día por un rayo de luz que apareció en una arista de mi tiempo, caí por él, con la luz a un sitio oscuro y frío. Un lugar que cuando descendía llegó a tener un efecto mágico de arco iris, como ese caleidoscopio que se visualiza cuando cierras los ojos tumbada en la playa. Pero al salir de él mi pecho experimentó una gran pesadumbre, se encogió mi estómago, sentí asfixiarme por un instante y mi respiración se hacía cada vez más agónica; es como si hubiera caído al subsuelo de alguna estación de ferrocarril abandonada –sombras y luces tenues se entremezclan con sensaciones de claroscuro–, de negro pétreo sus muros. Túnel infinito se extiende ante mis ojos, sin horizonte, los números pi vivirían aquí a sus anchas tendiendo al infinito como todas esas ecuaciones que jamás llegué a entender en el instituto. Tanta álgebra para entender o explicar la desesperación del averno, del mundo astral, o del submundo erróneo en el que todos aparecemos alguna vez; El lado anverso de toda moneda, la luz en un momento y después... Y después se dio la vuelta quedando atrapada en el anverso de los días...

A veces siento que las fuerzas me fallan. Yo no quiero esto para mí, no lo he querido nunca, o simplemente no me lo merezco, ¡no! A veces cierro los ojos y me abandono, y en mi locura me dejo ir como si nada me importara –en una esquina adormecida de mi tiempo en cero–, y veo cómo borbotones de desesperación brotan de mis muñecas –metáfora, quizás del sufrimiento–, y se va diluyendo lentamente el mundo gris que ahora se cierne sobre mi cabeza.

Pero esa no soy yo, yo soy la que quiere aprender esgrima y alzarse en busca de la luz.

Aquí, sola, sin colores; Sin voces ni sombras, sin eco. He de luchar como David dentro de las fauces de Goliat. En este lugar sé que, si uno no despierta, moriré agonizante bajo las sombras, será mi agónica sepultura.

El día más horrible de este tiempo «D», fue desesperación cuando lo vi amortajado, frío, y con la boca sellada. Era como si las campanas de lo absurdo retumbaran en mi mente y mis ojos parecían las cataratas del Iguazú, clamando al cielo.

Y hoy aparecieron cientos de sombras oscuras, alargadas, paseando sobre sus muros sin plegarias divinas en sus mudas bocas, con pasos temblorosos al infinito, ¿eran acaso números naturales de mi propia sombra penitente?...

Y hoy ahí, yacía inmóvil el caballero blanco. No fue por él por quien crucé la puerta, lo que no sé es qué hacía él aquí en este lugar de las sombras. ¿Habría ido quizás a buscarme para recordarme quizás lo que él me enseñó de niña? Solo hay que luchar para defenderse, en ese caso la lucha ha de ser fiera, antes de que te abatan en la caída. La lucha es noble cuando la única razón es sobrevivir. No ha de importarte entonces las cabezas que caigan, solo piensa que la tuya sigue sobre los hombros, altiva y capaz. Aplicando estos simples principios tu mano será incapaz de herir a nadie sin justificación previa.

Oirá Eolo mis lamentos en este lugar sin viento, sin brisa, sofocante; ahora que el caballero blanco se ha ido, ¿seré la sombra de Perséfone vagando por el reino de Hades, un mundo intermedio, bajo el cielo y la tierra, el averno?

Yo sin quererlo crucé el jardín de los vivos, cerré mis ojos para morir un día. Alguien me hirió de muerte, en el lado angosto de mi pecho. Desperté en este mundo intermedio, bajo la sombra del águila de los cielos, en el rencor de los ángeles caídos... ¿Rencor ha sido lo que me ha hecho traspasar el muro?

Yo creí sentir amor. ¿O sentí amor realmente? Ya no me acuerdo. Entre una pena primera, y esta otra, me enterró de por vida Hades en el mundo de los infiernos haciéndome engullir las semillas rojas de sus labios, la mentira de su boca. Hablándome quizás de aquella parte de gloria que quería mi alma, haciéndome desear por vanidad lo que quizás no me correspondía por derecho...

¿Rencor? ¿Amor? ¿Vanidad?...

Luces de tómbolas rojas, de circo coloreado en verde, de tiovivos, fantasías, caballitos en el aire. Vuela Hades, vuela, al reino de los infiernos...Tu luz hoy de bombillas humeantes se apagó hoy entre filamentos de plata...

Y yo aparezco muda, sola y atrapada en la nada.

De repente un intenso pitido, retumbaba con eco agudo en mi cabeza.

Un «piiii», largo y angustioso.

Identifiqué un alboroto de gente de un lado a otro.

–No responde, no responde, muerte cerebral –fue lo siguiente que oí.

Sollozos. Pude ver gente fuera que lloraba, y no lograba verles las caras.

Un letrero pude leer «Pacientes en coma».

Ahora entendía todo.

ELUCUBRACIONES

Los días parecían transcurrir lentos y tediosos, como sombras oscuras. Su luz poco a poco se iba apagando, se consumía como pabilo impulsado por el aire frío que entraba por su ventana, y sus fantasías se hacían cada vez más repetidas e insondables, ocupando casi la mayoría de su tiempo, casi todo el espacio de su mente y de su pensamiento lúcido, y no tan lúcido porque estas rayaban ya lo lamentable. Sus años habían pasado por debajo de la mesa, sin apenas sucesos que se pudieran tildar como relevantes, todo había sido como insignificante y por lo tanto ella se sentía vacía, como hueca por dentro, por eso casi sin quererlo, como por arte de magia comenzó a llenar ese gran vacío con historias que solo transcurrían en su mente, que se hilvanaban unas con otras hasta casi perder el hilo inicial, con varios finales distintos; pues si algo realmente no le gustaba, o si aparecía de imprevisto algún obstáculo –imaginado por ella–, ella procedía a resolverlo o solamente a variar la historia como si se tratara de la vida misma.

Pero ella, ¿qué esperaba de la vida? Y su cuerpo, ¿qué pasaba con su cuerpo? Su cuerpo se entumecía poco a poco, los años transcurrían, y no precisamente en balde. Y bajo esa fría máscara que usaba para relacionarse con el mundo, bullía impetuosamente los deseos de su cuerpo, que la asaltaban en la noche, en los sueños, como lobos hambrientos retumbaba el eco de sus aullidos en su inconsciente; como para indicarle que despertara, que tenía que sentir más allá de su sombra.

Ella que no había vivido, tenía una forma de relacionarse un tanto infantil e ingenua, y siempre había esquivado con total maestría cualquier tipo de acercamiento por parte de los hombres, con buenas y malas intenciones; simplemente no se dejaba abordar. Los que trabajaban con ella la recuerdan como una especie de ilusión óptica por los pasillos de la empresa, como etérea; así como de otro mundo, como fantasma penitente que desliza su aurea en imagen desdoblada, proyectándose en el blanco de los pasillos por los que deambulaba.

Aquella media tarde en la que parecía que en su televisor solamente aparecían imágenes estúpidas de programas vacíos y banales, mientras fumaba su cigarrillo y tomaba la taza de café de todas las tardes, su mente se desconectó por un momento de la pantalla del televisor, evadiéndose como ya era frecuente hacia esta o aquella historia. Esta vez la fantasía elegida comenzaba con un compañero por el cual llevaba tiempo suspirando, sin ni siquiera haber cruzado con él ni una sola palabra en muchos años, simplemente bajaba la cabeza cuando se lo cruzaba en los pasillos, y de su boca salía un tímido saludo, ahogando parte de su voz en su garganta.

Ella solía imaginar cómo hablaba con él sin ningún tipo de problema, cómo él la seguía, cómo la cortejaba con flores, con regalos y con todo eso que tanto nos gusta al sexo femenino. Imaginaba también el juego de la conquista, en el que ella se resistía a sus encantos y él suplicaba una y otra vez a sus pies, lo tenía enamorado hasta los huesos.

Ella solamente intentaba controlar ahí en su espacio, lo que no podía controlar en su vida. ¿Era una manipuladora en potencia?

Entre arrumacos y carantoñas imaginados por ella en esta historia, la temperatura de su cuento interior comenzó a subir, viéndose cada vez más y más entregada a su galante visión de deseo incontrolable. Ella incluso en estas situaciones siempre había logrado mantener todo bajo control, y se comportaba incluso ahí como una persona comedida y que no cedía fácilmente a sus impulsos, controlaba la situación y se comportaba como una perfecta señorita como siempre le habían enseñado. Se mostraba solícita pero recatada así en un doble juego, como las grandes estrellas de cine de sus películas, esas de otro tiempo, que ella tanto había admirado.

Pero aquel día su mente estaba más activa que nunca, y él más y más impetuoso tanto que no pudo evitar ceder a sus deseos, ceder a su deseo más oculto.

UN CADÁVER
EN LA PISCINA

Un grito ensordecedor, como aullido de lobo, recorría todo el edificio como cometa sonoro hasta el final de la escalera. «¡Hay un cadáver en la piscina!», gritaba la vecina del primero con grito histérico. Muchos en manada corrían escalera abajo, otros a la par aparecían como cabezas de cuervos tras las ventanas, y allí estaba yo boca abajo flotando, como levitando en el cielo que reflejaba el azul brillante de los azulejos del fondo de la piscina. Allí estaba inerte como había presagiado unos diez años antes, antes de que incluso la historia se vislumbrase, antes que comenzaran a transcurrir los hechos que la desencadenaron, antes, mucho antes de todo principio, pues en ese entonces ya había escrito un relato con ese mismo trágico final, como presagio inevitable de los acontecimientos.

Pero no, mi relato no era un móvil. En él no habría ningún policía avispado como en las pelis, que descubriera que se trataba del mismo relato publicado. De esas que el posible sospechoso argumentaría como coartada: «cómo lo iba a planear todo, cómo en el escrito para así parecer culpable». Y así él poder crear la duda. No, esto no podía ser sencillamente porque en mi afán de escritora frustrada ese manuscrito nunca se había publicado, nunca había visto la luz, es más, no se lo había mostrado nunca a nadie... ¿Por pudor? Pues no lo sé realmente. Y permanecía escrito a máquina de esas, una auténtica antigualla, y lleno de faltas de ortografía en la gaveta de mi mesita de noche. Y entonces pues no lo sé, era insólito, ilógico... Había escrito diez años antes con total fidelidad el momento de mi muerte.

Una vez oí que había un poeta en el que siempre sus poemas giraban sobre el mismo tema una y otra vez de manera casi obsesiva. Contaba sus sensaciones sobre las carreteras. Veía algunas como carreteras sin salida, otras como un seguir más allá. Describía las carreteras como su propia vida, la cual no iba a ninguna parte, le producía vértigo, pavor, y al mismo tiempo una fascinación latente. Describió incluso el desasosiego que le producían los mojones, llegándolos a comparar en unos de sus poemas como pequeñas lápidas de cementerio. Ese joven poeta falleció años más tarde en una cuneta, como si se tratara de uno de sus versos.

Me hace pensar todo eso en las historias del karma, en la reencarnación, en hechos predestinados. ¿Está nuestro destino escrito? ¿Tenemos acaso una ligera idea de cómo van a acabar nuestras vidas? ¿Se hubiese podido evitar o acaso es la incesante idea que al repetirse atrae hacia ti toda esa energía del cosmos? ¿Es acaso, lo que pensamos, a aquello que con más fuerza estamos atrayendo? ¿Somos partícipes entonces en nuestro destino?

La verdad me gusta el lugar donde todo a terminado, yo habría sin dudarlo elegido el mismo. Siempre me gustó el mar por eso de estar como flotando, como suspendida. Siempre me había imaginado así la eternidad, la plenitud de las cosas. El final de la mía, de mi vida. Nadando, flotando en ensoñación, viendo con los ojos entornados las luces del sol parpadeantes reflejarse en el fondo brillante, casi mágico y poder ver mi sombra debajo de mí, como en otro mundo, en una dimensión menor y es así como ahora estaba viendo mi cuerpo flotar sobre el agua.

SÓLO UN TIPO RARO

Pues pasó que en las Navidades de 2006 todo se confabuló para poder descubrir quien era realmente aquel tipo. Aquel con el que llevaba casi un año y al que realmente, se daba cuenta ahora, nunca había conocido. Ese fue su regalo de navidad, y también de su próximo cumpleaños. Pues tal día como hoy, 23 de diciembre, le quedaban apenas tres días para su cumpleaños y estrenar década, de esas de las que se dicen que no se sale sin haber superado alguna crisis. Su crisis existencial acababa de empezar.

Este tipo, denominado como «tipo raro por él mismo», que se dedicaba a patear las calles de la Laguna después de la medianoche. Según él mismo explicaba; sin ningún otro propósito que mantener su propio espacio y preservar ante todo, su intimidad, su espacio, su tiempo, y según sus propias palabras, sus antiguas amistades. Aquellas que sólo parecían existir de noche, como si fueran grupos de vampiros, de esos que siempre se reúnen en garitos y suburbios en busca de sus presas.

37

Pero siempre que él había coincidido con ella, en ese transitar nocturno, siempre se lo había encontrado sólo, como alma en pena se desplazaba su figura errante por los pasadizos laguneros, arrastrando un poco los pies como si llevara unas pesadas cadenas en sus tobillos. Con figura esbelta, envuelta casi siempre en una u otra chaqueta de pana, pues tenía varias; con la cabeza un poco gacha, lo que le daba un aire deprimido y taciturno.

Era uno de esos hombres que parecen que tienen una historia triste que contar, de grandes amores y desamores. De esos hombres que la vida no había tratado del todo bien; uno de esos héroes vivientes al que la vida solo había aportado circunstancias adversas y duras; uno de esos que pretendes que se abra y te cuente su pena, su gran amor, el porqué de su tristeza, y tomarlo en tus brazos y poder resarcirle de tanto dolor y lamerle sus heridas mundanas con tus besos. Uno de esos tipos que parece necesitar toda la comprensión y paciencia de este mundo, y tú estás dispuesta a dársela porque solo deseas hacerle feliz y que sus tristes ojos vuelvan a brillar con tu eterna confianza y apoyo.

Pero nada más lejos de la realidad. Todo era como uno de esos muros de obra que si les lavas la cara, y le quitas todos esos grafitis coloridos, no queda si no un frío muro gris de cemento. Una pared solo de ladrillos, sin encalar, sin cimientos, que están hechas para poder caer de un golpe, puestas ahí solo provisionalmente. Ese gran tipo

38

que parecía existir en su fondo no era más que una ilusión óptica, realizado por ella y por otras muchas. Un camuflaje solo empleado por él, lo había utilizado siempre y le había ido muy bien. Una mera interpretación artística, todos éramos solo piezas básicas en la obra teatral de su mundo.

Resultó ser que la vida no le había tratado nada mal, había vivido haciendo en cada momento lo que él quería, lo que le venía en gana; nunca había tenido ninguna obligación, más bien huía de ellas como gato del agua, como si se hubiese topado con el mismo demonio, aunque puestos a pensar si se hubiera encontrado literalmente con él, lo habría hecho partícipe de sus múltiples juergas. Seguía estudiando a sus 35 años y aún vivía en casa de sus padres, eso nunca me pareció mal, pero no se correspondía en absoluto con aquella imagen de él que tuve en un primer momento –mirándolo mejor sí tenía pinta del típico estudiante bohemio, pero con un toque de elegancia–. ¿Eterno estudiante o vividor? Según él estudiaba psicopedagogía, cosa que le ayudaría a ser mejor persona y a interrelacionarse mejor con el mundo que le rodeaba, pero si algo descubrí con el tiempo, es que le encantaba estudiar a las personas; ver cómo reaccionaban ante esta o aquella situación inventada por él, le encantaba mover los hilos desde arriba, y él no descender para mojarse. ¿Vivía? Pues nunca lo he sabido, o, ¿solamente se dedicaba a ser un simple espectador de su propia película inventada? Le gustaba ser un dios o por lo menos creérselo. Todos los demás le tenían envidia y las féminas parecían haberle siempre decepcionado, según su versión. Llegue a creérmelo.

Pensándolo mejor quizás no hubieran superado alguna de esas pruebas a las que le encantaba someterlas, esas pruebas en las que se tiene en cuenta el lenguaje corporal, algo de lo que él se había informado ampliamente pues todos esos libros le apasionaban. Aunque yo dudo de que su interpretación fuera siempre la correcta. A veces me sentía coaccionada, observada, sin saber si mis gestos eran los correctos. Parecía que mis gestos se habían peleado repentinamente con lo que yo realmente sentía, parece ser que yo no actuaba según lo estipulado en los libros, ¿era yo algún bicho raro?

Estaba todo tan escondido en mi inconsciente, que ni por asomo me daba cuenta de todo lo que me bullía por dentro. ¿Sería alguna forma más de manipulación externa? ¿Disfrutaba realmente con eso o realmente llegaba a creérselo y en el fondo lo pasaba realmente mal? Nunca llegué a adivinarlo –¿se metía tanto en su propio papel que no se daba cuenta de sus propias mentiras?–. Ahí me di cuenta también que no tenía ninguna historia triste personal, también en eso parecía haberme equivocado; que no se moría, y no lo hubiese hecho nunca de amor. Sus grandes amores nunca habían existido. Él había tenido muchas experiencias, con variedad de mujeres de edades diferentes, pero según mi impresión y después de haber indagado un poco, es que todas éramos sombras chinescas proyectadas en su gran pantalla de cine personal, difusas, sin rasgos propios. Habíamos pasado por su vida sin apenas rozarlo, sin tan solo haberle rasguñado la carne, ni una sola. Ni una sola de nosotras.

En el fondo él se lo había perdido, no había sentido y no se había implicado ni lo más mínimo; tampoco habían logrado hacerle daño. ¿Era un vividor realmente o no había vivido lo más mínimo? ¿Había dejado escapar los mejores años de su vida como agua por las rendijas de sus dedos?

Él, de personalidad hedonista y caprichosa, siempre había conseguido hacer su santa voluntad, y la no tan santa. Una de sus frases favoritas como buen varón era: «yo quiero». Pero siempre se había olvidado de lo que querían los demás y de que, en el fondo, los demás también esperaban algo de él.

Yo en broma llegué a decirle que se había equivocado de cuento y que él no era Aladino, ni yo el genio de la lámpara maravillosa; que ya le había concedido más de tres deseos y que, para ello, era imprescindible que comenzara a frotar. Él se reía, pero seguía «con las mismas pastillas» y cada vez que yo deseaba algo siempre pasaba alguna cosa que lo hacía del todo imposible, como del otro mundo.

Lo cierto es que la realmente equivocada era yo. ¿Qué estaba esperando realmente? ¿Qué es lo que pretendía yo de toda esta situación? ¿Que cambiara? A mis años había intuido ya, y aprendido, que eso era prácticamente imposible; ya mi abuela lo solía decir con ironía: «quien nace barrigudo, ni que lo fajen». Pero yo seguía derritiéndome por su sonrisa, suspirando –y no es solamente un decir, realmente producía sonidos estúpidos cada vez que él se acercaba a mí–, tanto es así que me llegó a apodar «suspi». Yo prácticamente anestesiada, abobada; no podía ver más allá de mis narices. Creía a pies juntillas todo lo que él me decía.

Las largas explicaciones sobre la importancia de la conservación de su espacio personal eran tan convincentes que a veces tenía la impresión de estar ante un entregado ecologista, de esos que trabajan con toda la convicción del mundo por proteger sus ideas, pues tal era el ahínco y énfasis que trascendía de sus palabras. También era un acérrimo defensor de su tiempo; del tiempo que él necesitaba para hacer sus cosas, aquello que realmente le gustaba, sus *hobbies* –que eran más que eso, según sus propias palabras, eran su vida–. Perdía horas y horas metido en su buhardilla con su ordenador, componiendo su música –según él me comentaba–. El tiempo transcurría volando en su mundo, en sus cosas; tanto que incluso llegaba a perder horas de sueño y se acostaba a horas intempestivas de la madrugada. Alguna que otra vez llegó a empatar la noche con el día y se marchaba directamente a clase sin haber dormido en toda la noche. Ese era su mundo, esa era su vida, así parecía pasar su tiempo. Un día me llegó a decir, como justificación de sus largas ausencias; de sus vacíos, de ese par de días que solía desaparecer y en que apenas tenía noticias suyas; en los que no respondía ni al móvil, o este sufría repentina avería: que «los amigos y las parejas pasaban por su vida, y seguían de largo». Yo ante tal afirmación, solo añadí que no me extrañaba, que lo extraño sería lo contrario.

Muchas veces me sentía como una intrusa, como una ladrona de su tiempo, como si hubiera expoliado algún lugar sagrado «su vida», como si estuviera pisoteando con mis garras algún lugar considerado por él como mágico e inexpugnable, casi cósmico. Todo esto para mí era desconcertante. Las preguntas se agolpaban en mi cabeza una detrás de otra llegando incluso a atropellarse entre ellas, produciendo en mí una desagradable sensación de vértigo y mareo, empujándome al borde de un abismo inmenso de dudas del que no podía ni siquiera percibir su fondo. ¿Quería realmente estar conmigo? ¿Era realmente eso interés –yo no lo sentía– entonces, ¿qué le impedía –si casi me sentía una intrusa– marcharse con viento fresco, y olvidarme? Yo le exponía a él mis dudas y él me tomaba por loca y reía con su hilera perfecta de dientes blancos asomando de sus labios –como un anuncio–, y me miraba burlonamente, como si no fuera capaz de razonar con atino. ¿Pretendía volverme loca? ¿Pretendía solo estudiarme como gran forofo de la psicología que era? La verdad es que en el fondo no sé si realmente le gustaba, era un reto para él, o si su tesis de final de carrera estaba basada en mi extraño comportamiento; pues él solía decir que era una persona un tanto peculiar que no se correspondía con todos esos libros que se había dedicado a leer como *hobby* durante tanto tiempo; o si vería en mí cualidades de asesina en serie, otro de los temas que parecían haberle entusiasmado de siempre y del que hablaba con gran devoción.

A veces su voz se tornaba vibratoria y profunda cuando comenzaba a relatarme algún que otro caso de asesinato que conocía; de su comportamiento, de su frialdad y de cómo llegaron a ser descubiertos, casi siempre por nimiedades o por alguna casualidad del destino. Normalmente eran gente de impecable comportamiento para la sociedad, algunos de ellos habían estado casados o tenían novias durante muchos años, y todas ellas hubiesen perdido su mano derecha porque pensaban, sin duda, que estaban ante una equivocación de la justicia. Solían ser tipos amables, muy considerados con ellas y a veces rondando la sumisión. De otros lo único raro que la gente solía percibir es que se trataba de tipos de carácter reservado, que a veces rondaban lo misterioso. Tipos que se sentían atraídos por una vida un tanto solitaria, y un tanto ensimismados, como distantes del mundo. De esos que pasan largas horas en su mundo, de esos que pasean solitarios en la noche sin ni siquiera tener la excusa de sacar la basura o pasear algún otro cachorro para hacer sus necesidades. Tipos obsesionados con temas culturales, con temas religiosos, fanáticos en su manera de pensar; algunos de ellos admiradores y coleccionistas de relatos o libros de sucesos macabros de otros asesinos en serie. Tipos obsesionados por mantener un espacio físico y acotado solo para ellos, sin acceso posible para los demás –incluyendo a las personas con las cuales convivían–, donde guardaban todo tipo de trofeos de sus asesinatos, o solamente todo tipo de recortes, relatos o libros de aquellos temas que le apasionaban y que les hacían realmente perder el sueño, temas en los que basaban su vida, su tiempo y su pensamiento de manera obsesiva y reiterativa como eje principal de su vida.

Aquella fatídica noche, no recuerda bien por qué; se encontraba en La Laguna, según le parece recordar, realizando sus últimas compras navideñas; transitando desconcertada por aquellas calles simétricas de fría piedra; deambulaba sin rumbo, pensativa por aquellos laberintos simétricos de comercios ya cerrados que alumbraban farolillos pequeños de luz tenue, como de otra época. Y tras ella, tras sus pasos, una corriente gélida de aire frío que recorría penitente tras su sombra por aquellos pasillos y parecía estremecerles los huesos, calando hasta su alma. Al virar la calle, en uno de esos callejones, tras la esquina, le pareció divisar la imagen de él –difusa por el efecto óptico de su miopía– doblando la esquina. Lo llamó, pero su voz se perdió como leve eco en el retumbar de las paredes cercanas, y corrió por un instante tras él calle abajo con una extraña sensación en el cuerpo, de estar en otro tiempo, de que eso no estaba sucediendo. El tiempo parecía haberse detenido, o por lo menos tenía un transcurrir más lento, tanto que aunque él caminaba presurosamente –calle abajo– lo divisó en la otra esquina, colgando el auricular de una cabina. De repente él cruzó de acera y se detuvo, sacando el móvil de uno de sus bolsillos. Ella se paró en seco, no se sabe bien por qué, y contempló a lo lejos cómo hablaba sonriente con el móvil en la oreja. Ella no pensó nada, simplemente no podía pensar. Él en un giro repentino continuó su camino por una de las callejuelas transversales y una voz en su interior le dijo: «corre y síguelo». Lo vio entrar en un bar de copas de esos que imitan los del lejano oeste, decorado con madera en sus paredes y con barriles a la entrada en modo de mesitas; uno de esos que tiene grandes ventanales a la calle y de los que se puede divisar casi todo su interior. Él estaba allí en medio de aquel enjuto pasillo que separaba las mesas de madera de aquel local, semioscuro, encaramado como un pulpo a su presa; a una escandinava –aparentemente, por el color de su melena– de una aproximación al 1,50 con tacones incluidos que al volverse resultó tener la tez aceitunada. Ser de ojos marrones, de cejas arqueadas y de un profundo tono marrón oscuro, lo que le daba un aire triste y fantasmagórico debido a su extrema delgadez

Decidió entrar para que no quedase ningún tipo de duda, ni dar pie a ningún tipo de manipulación ni apelación alguna a «una posible locura transitoria». Se acercó, puso su mano en su espalda y él se viró casi sin sobresaltos, tan solo en su rostro se podía atisbar una mínima expresión de asombro. Él sin soltar a su presa, a la que permanecía asida a su cintura, por un momento agarró su antebrazo como para impedir su rápida escapada; ella con una mirada fría y penetrante a sus ojos y un retraimiento repentino de aproximación de su codo a su costado, logró en un instante seco que la soltara y salió de allí a escape.

Él que se definía a sí mismo como «un tipo raro», en el fondo no era más que un tipo vulgar como tantos otros. Su mundo, sus «cosas» eran tan banales y sus motivos tan antiguos como el mismo mundo. ¿Un «tipo raro»?

EL MUNDO QUE PARECÍA DE COLORES

Lisa lo observaba todo con sus ojos oscuros como dos canicas negras en un jardín estrellado. Era la primera vez que iba a esta escuela. Tan bonita, tan espaciosa, y que cada uno tenía su pupitre y sus cosas. Las paredes estaban llenas de grandes dibujos y muchos colorines, algunos de un extraño material que después su madre le dijo que se llamaba goma EVA. Las estanterías estaban llenas de libros de cuentos, algunos los ojeó y le resultaron maravillosos.

Aunque ella no entendía bien el idioma, muchos de los niños y niñas le sonreían, se acercaban a ella con mucha curiosidad, e intentaban darle todo tipo de cosas, como en un ofrecimiento para crear contacto y cordialidad.

Pudo observar también, que después del primer día todo cambió. Parecía que ya muchos de esos niños que en un primer momento sonreían y se acercaban a ella con curiosidad, para tocar su cabello ensortijado y su piel oscura. Ahora la miraban con recelo, e incluso se reían a sus espaldas. Y después al llegar sus padres a recogerlos la miraban a la defensiva, con desprecio, y murmuraban algo a sus padres, los cuales no se volteaban ni a mirarla, la hacían sentir como un fantasma. Le hacían sentir un gran vacío.

Pero ella se dio cuenta que en el fondo era mejor así, que su mirada no se cruzara con la suya. Comprendió que entre el primer día y los demás lo que había pasado es que los adultos ya habían sido informados de su presencia. Y eso parecía haber afectado a algunos de los chicos. Gracias a Dios no era a todos.

También pudo darse cuenta de que no era la única afectada, había otros niños. Estaba Iván, un niño un tanto retraído, aunque pensó: «no me extraña con esos cuatro metiéndose con él». Todos los días lo esperaban en el recreo, se burlaban de él, le quitaban el bocadillo, y lo hacían llorar, no lo dejaban jugar. Y lo zarandeaban por la camisa. Todos los días lo mismo.

Los demás niños y niñas parecía que no observaban nada. Parecía que existía una especie de complot, era obvio que no querían convertirse en el blanco de estos personajes. Las profesoras hablaban en corro al otro lado del patio, y lo mismo, nada. Nadie parecía darse cuenta,

Nadie se le acercaba.

Le extrañó que no hiciera por defenderse. De donde ella venía había visto a veces entre niños estas cosas, y se iniciaban unas peleas entre unos y otros. Y casi siempre terminaba Moed, el que comenzaba la pelea que normalmente era siempre el mismo, recogiendo sus cosas y marchándose a su casa. A veces su padre venía a recogerlo, y lo sacaba de malos modos. Los demás niños solíamos gritar el nombre del que había empezado la pelea. Y sobre todo las niñas corríamos a ayudar al que estaba en el suelo.

Moed tenía amigos, pero no se escudaban en él. Los amigos de Moed comprendían que había hecho mal, y aunque en privado lo defendían. En la escuela no se atrevían, porque sabían que los profesores y los demás no íbamos a permitir tal abuso. Y que correrían si se atrevían la misma suerte. La expulsión temporal. Y un continuo retraso en sus estudios.

Lisa, después de presenciar más de una semana lo mismo, viéndolo triste y solo durante las clases también. Se acercó a él. Y le sonrió tiernamente. «Bueno», pensó, «a mí también me miran rara».

Y en el recreo cuando los mismos personajes de todos los días cercaron como hienas a Iván, y empezaron a propinarle patadas. Ella sin pensarlo, agarró del pelo con toda fuerza al cabecilla, tanto que no podía subir la cabeza más allá de sus hombros, uno hizo por ir a pegarle, pero Iván lo empujó, los demás salieron corriendo como auténticos cobardes.

Lo más sorprendente de todo, es que después de aquello. Estaban Iván y Lisa en el despacho del director. Por fuera los padres de los otros niños, diciendo por lo que Lisa pudo entender, algo de que si era una salvaje. La madre de Iván, que decía que sí, que el niño estaba sufriendo acoso, y lo tenía en un psicólogo por todo lo que pasaba en la escuela, y que su hijo no era agresivo. Que no entendía por qué había empujado al otro niño, el cual tenía un rasponazo mínimo en la rodilla.

–La verdad –le dijo Lisa a su madre–, ahora entiendo por qué Iván no se podía defender. Lo hizo, y su madre lo lleva al psicólogo, como si él tuviera algún tipo de problema.

Los padres de los demás resolvieron llamándola salvaje, y las profesoras asentían como si fuera cierto. Contra aquellos padres y aquellos niños abusadores, problemáticos. Nadie parecía querer lidiar. Y al final el foco del problema parecía recaer sobre nosotros. Sobre aquel niño, que en todos los recreos era maltratado y vejado.

A ellos nadie parecía darles de lado, ni llevarlos al psicólogo, y sus progenitores parecía como si estuvieran orgullosos de su forma de comportarse. Ni los señalaban con el dedo como a Moed en mi tribu.

La madre de Iván dijo que este tenía un problema. También dijo que era buen niño, y por eso no se podía defender.

De Lisa dijeron que era una salvaje, pero su madre no les creyó.

A Lisa ya no le gustaba tanto su escuela, nunca entendió cómo en este mundo las cosas iban al revés, parecían haber creado una víctima, un chivo expiatorio que tenía que ceñirse a su papel en un lugar oscuro de indefensión.

Al cabecilla se le daba alas, y por lo tanto siempre estaban los que se unían a su causa en

54

busca de protagonismo, y para no ser objeto de su agresividad.

Los demás habían aprendido a mirar para otro lado, para no terminar siendo acosados pues al final sabían que a los abusadores nadie les hacía nada.

Incluso el día de las patadas que todos empezaron a gritar. La primera reacción del corro de profesoras fue comenzar a gritar que se callaran. Hacer oídos sordos para que nada perturbara la tranquilidad y el buen funcionamiento de las cosas.

CRESPÓN NEGRO EN EL ALMA

Aquella mañana comenzó a cruzar el parque, como cada mañana sobre las doce, sonaron las campanas de una iglesia cercana. Lo hacían, o eso le dio la impresión a ella, que eran más rotundas, más sonoras. El día parecía oscuro, una bruma etérea ennegrecía el día –no se sabía si era calima, o nubes bajas–. Su ánimo se encontraba cabizbajo, y con una pesadumbre inexplicable en su pecho. De repente una bandada de palomas se arremolinó en un árbol cercano a ella, un pequeño árbol que se encontraba en su camino, una detrás de otra en espiral agresiva –torbellino–. Ella sintió como un temor; como si le acechara algún peligro externo, le pareció sentir que sus ojos se posaban en ella por un momento. Y de repente esa escena un tanto violenta le hizo recordar el mal sueño con el que se había despertado durante la noche.

La noche había sido intranquila, con múltiples despertares, se había levantado cansada muy aturdida y con mal cuerpo. Su mente con ideas obsesivas y algo oscuras. No sabía bien el porqué. Aquella escenificación insignificante, pero que a ella le había resultado dantesca. La había conectado con la noche anterior, un mal sueño, bandadas de palomas arremolinadas y en pleno ataque, en el suelo un charco, en un principio parecía ser agua, después logró ver que era algo más denso, oscuro. Después su psique construyó el color grana, era sangre; en él una paloma blanca en una de sus esquinas. Tuvo un escalofrío repentino y un mal presentimiento.

Entró en el parque y se sentó como cada mañana frente al estanque. El agua tenía en ella un efecto relajante, le daba un sosiego visual y mentalmente tranquilizador. Aunque hoy tenía un ligero color verde pardusco, debido al estancamiento del agua. Se reflejaba en ella un cielo gris, que creaba un efecto casi de espejo roto en ese tapiz de musgo verdoso salpicados por múltiples pedazos –dispersos– en un color mercurio brillante.

La imagen de unos patos en el estanque, unos niños que jugaban despreocupadamente por el borde de piedra con sus bicicletas, reían e intentaban acercarse más a los patitos que también se aproximaban nadando hacia el borde. De repente su abuelo acudió raudo antes de que alguno terminara de cabeza en el agua. ¿Su abuelo o su padre? Se preguntó, hoy en día no se sabe, y una sonrisa burlona apareció en su rostro.

Esos niños le habían hecho recordar por un momento a sus propios nietos, de nueve Luis y siete Andrés, e Iván de tres años. ¿O tendría cuatro años ya? ¿Los habría cumplido ya? Le costaba

60

recordar, el día de la semana en que se encontraba, y le ocurría lo mismo con la fecha y el mes en curso. Desde que dejó de trabajar todos los días le parecían iguales, había veces que tenía que recurrir al móvil, era lo que la mantenía en fecha y hora, conectada con la realidad

Sus nietos eran unos niños un tanto intranquilos, pero muy vivos y cariñosos. Les encantaba jugar e inventar cosas e historias, tenían una mente muy despierta y audaz.

A ella le hacía muy feliz verlos reír y jugar. Y compartir sus tardes con ellos –aunque desde que empezaron las clases los veía muy poco–. A veces tenía la sensación, de que los niños crecían muy rápido, y que ella se estaba perdiendo esos momentos únicos de la infancia. Ella, que no había llegado a conocer a sus abuelos, creía tener la percepción que el vínculo entre nietos y abuela tenía que ser algo especial, de confidente y de apoyo. Y que ese vínculo se alimentaba –forjaba– en esos primeros años.

Ella, que hasta ahora trabajaba, nunca pudo hacerse cargo de ellos. Era su abuela materna ya jubilada la que desde un principio ayudó a la pareja en su cuidado. Y hoy en día entre la escuela y las actividades extraescolares, los veía muy poco. Pero este año estaba muy animada esperando que llegaran las vacaciones de verano, ya que su hijo le había prometido que contaba con ella para esos días en los que los padres trabajan, y los chicos ya terminaron en las clases. El año pasado los habían apuntado a un campamento de verano. Y pasó el verano y no pudo compartir tiempo con ellos, a excepción de algunos momentos dispersos e insignificantes. Pero este año su hijo le había comentado que no disponía de tanto dinero. Y que contaría con ella para su cuidado.

De todas formas, ella andaba algo preocupada, notaba más callado a su hijo y distante, con un ostracismo general que no se correspondía con su comportamiento habitual. Se quedaba con la mirada perdida por largo tiempo en las musarañas. Últimamente pasaba a verla casi todas las tardes, y se arrinconaba en una esquina del sofá hasta muy tarde. A ella le escamó tal situación, y le preguntó si estaba haciendo tiempo para recoger a los niños o a su nuera, pero la contestación fue negativa. Evadió el tema, y comenzó a charlar de otras cosas. Ella pensó: «¿qué se le estará pasando por la cabeza?», conocía a su hijo y sabía que solía rumiar, una y otra vez en ideas repetitivas que le hacía ponerse triste o de muy mal humor. Esta vez parecía desganado, desinflado tanto que se confundía con el mullido sillón de su salón. Ese en el que ella apenas se sentaba, porque después no se podía levantar.

Además, en las últimas Navidades había notado un ambiente tenso. Una comida con los padres de ella, con sus hermanas y parejas, y los niños. Mucho revuelo para una sala tan pequeña, pero la pareja parecía distante, ella se dio cuenta que apenas cruzaban las miradas. Interactuaban con otras personas, pero en las seis horas que duró con el previo almuerzo, y después el tan ansiado karaoke, nada. Bueno, sí hubo un intento por parte de ella, de repente cambiaron la canción y ella cruzó la sala para dar con él, como para sacarlo a bailar, él se dio la vuelta y cruzó diagonalmente hacia el extremo contrario, muy obvio. ¿Pero fue este año o el anterior? Quedó pensando por un instante, ya que esta circunstancia o similar se venía repitiendo en los últimos encuentros Navideños, pero sí tenía la sensación de que este año había sido más acusado. Lo cual la preocupó.

De repente una mano se agitaba a lo lejos. Ella no reconoció a la mujer rubia platino, que tenía pinta de extranjera nórdica, con lo cual desvió la vista, y volvió a mirar al estanque.

–Muchacha, Rosa, ¡cuánto tiempo! ¿Dónde has estado metida? ¿Dónde trabajas ahora? ¿Te trasladaron de departamento? He preguntado por tí, y nadie me decía.

Era obvio que la conocía, y su voz también le sonaba mucho, por lo cual levantó la cabeza.

–Rosalín, cariño, ¿y ese cambio de *look*?

Yo pensé que se trataba de una extranjera, y que estaría saludando a otra persona del parque. Era Rosa su tocaya, a la que ella llamaba cariñosamente Rosalín. Una compañera de trabajo con la que había forjado en el pasado una buena amistad.

–¿Qué haces ahí tan sola y ensimismada?

63

–Yo, relajándome con la contemplación de este estanque, y mirando a esos niños jugar, me recuerdan, no sé por qué con mis nietos,

–Tú lo que tienes es morriña, ¿cuántos tienes ya?

–Tres.

–Muchacha, sí que ha corrido tu hijo, se ha puesto el turbo. Cuando tú y yo estábamos trabajando juntas no tenías ni el primero. Luego la última vez que quedamos, sólo tenías uno. Recuerdas que quedamos con Pilar, que como siempre con sus comentarios te llegó a decir: «¡Abuela, ya! Los nietos te hacen más vieja». Y tú le respondiste: «vieja me hacen los años que cumplo, no los nietos. A ver si tú te vas a creer una niña, porque no hayas querido ser madre. Por ti quizás te piensas que no pasan los años, y que estas igual que diez años atrás». Qué rebote te cogiste.

–Ya sabes a mí, mis nietos ni me los toque, porque saco mis garras de leona.

Ella se piensa que está igualita, qué ilusa. Y yo respeto que no haya querido ser madre, pero de eso a parecer una chiquilla, como ella se piensa, y si ese ha sido su principal motivo, lo lleva claro, como si se le fuera a alargar la juventud o los años por no ser madre o abuela.

–Anda, Rosa, crucemos el parque y vayamos a tomarnos un café, y así me pones al día.

Charlaron animosamente por más de veinte minutos. Le contó de su anticipada jubilación por su enfermedad, de los niños, de anécdotas pasadas. Se conocían de más de veinte años, y habían

64

coincidido trabajando más de la mitad. Se reían a carcajadas de algunas anécdotas estúpidas del pasado.

Se despidieron con la convicción de que se llamarían para quedar en una próxima ocasión.

En el camino de vuelta a su casa.

Ella rumiaba la conversación con Rosalín, de aquel comentario de su amiga Pilar.

Al igual que su hijo, ella tenía la misma costumbre de dar vueltas una y otra vez a los pensamientos, y aún más desde que dejó de trabajar. su mente, que siempre había estado activa, resolviendo problemas en casa, en el trabajo, y si nos fuéramos más atrás hasta en la escuela. Su mente no se habituaba a una tranquilidad no conocida hasta ahora.

Recordó cuando se quedó embarazada, muy joven eso sí. Pese a eso nunca se planteó no tenerlo, siempre tuvo claro no hacer nada contra su integridad, contra sí misma, algo de lo que se pudiera arrepentir todos los días de su vida, algo que la pudiera dañar, sobre todo dañar mentalmente. Ella se conocía y sabía que posiblemente una cosa así la perturbaría de por vida. Quizás hasta incluso perder la cordura, o el hilo conductual de la misma vida.

Lo tenía claro, pese a que en un principio le dijeron que se le acabaría la juventud, la juventud la tuvo, sólo que de manera diferente. Se sintió plena y muy feliz cuando él nació.

Se sintió como la emperatriz de su propia vida. Aunque fue muy duro criarlo sola. Aunque bueno sola tampoco, como dice el refrán «con ayuda del vecino…». No del vecino literalmente, con ayuda de su madre, y de su familia. Con sacrificios para poder terminar de estudiar, y luego comenzar a trabajar, no en lo que ella pensaba, pero bueno, no tardó en llegar y pudo ingresar un sueldo. Verlo crecer, darle una educación y ahora viéndolo ser padre.

Algo de lo que él nunca tuvo, y siempre le faltó.

Rosa paró en el supermercado antes de subir, compró el pan y un par de cosas de última hora para poder prepararse la comida.

Llegó a su casa algo tarde ya. Recordó que había dejado la lavadora en marcha, ya habría terminado y la ropa estaría como una pasa de arrugada. Volvió a reponerle el suavizante, y le dio de nuevo a enjuagar y centrifugar.

Encendió la tele, la tenía de fondo el noticiero, hacía las veces de hilo musical y de compañía en el salón, mientras ella preparaba las viandas.

Para acceder al tendedero cruzó en vertical el salón de uno a otro de sus extremos, y le llegó la voz remota de la presentadora, decía algo sobre la violencia vicaria, y un nuevo caso, o algo así le pareció llegar a oír pues la voz se perdió cuando se adentró en la cocina.

La lavadora había emitido su pitido para alertarla de que había finalizado. Por lo cual no retrocedió para oír la noticia. y a su regreso al salón ya había finalizado.

66

De todas formas, ella ya pensaba que tanta información no hacía sino dar ideas, avivar a las mentes poco ocupadas y con falta de imaginación. Los casos no hacían sino aumentar y a ella eso la ponía enferma y con mal cuerpo.

No le cabía en la cabeza, lo consideraba antinatural. «¿Contra su propia descendencia?», se preguntaba una y otra vez, le parecía imposible y por más que pensaba no encontraba ninguna otra especie animal que se le pudiera atribuir tal barbaridad.

Una vez en un documental le pareció oír que a veces algunos cocodrilos ingerían sus propios huevos. No estaba segura, pero eran cocodrilos, animales de sangre fría, depredadores innatos, y no se trataba de sus crías sino de una puesta de huevos.

No entendía tal crueldad. «¿Con el fin de hacer daño a quién?», se preguntaba una y otra vez. ¿Que estábamos haciendo mal? ¿A quiénes estábamos educando y de qué manera? Gente que le daba más importancia a un coche, a un ordenador, a su ego –un hecho inverosímil– que a sus propios hijos, a su descendencia. Criaturas indefensas, que no se podían defender debido a su corta edad. Todo esto decía mucho de la calidad de las personas, de la poca humanidad que rezumaba la generación de hoy en día.

–¡Cobardes! –gritaba para sus adentros con furia.

Sólo podría tratarse de cobardes, sólo se trataba de gente perversa sin la más mínima empatía, ¡qué gracioso! Parece que sea una palabra tan valorada hoy en día, y que apenas antes se escuchaba.

Gente sin alma o con alguna enfermedad mental. ¿Pero tantos?

Volvía a elucubrar de quién podía ser la culpa.

Gente que se le había dado de todo. Gente que no estaba acostumbrada al mínimo esfuerzo, solo a un esfuerzo relativo y siempre premiado. Siempre esperando premio, ni que la vida estuviera esperando a premiarte en algún momento de la existencia. Gente que no valoraba nada, que se priorizaba, ante todo, y ante todos. Que no valoraba la vida ni de sus propios hijos, eso lo resumía todo, era horrible.

Ella sola se fue poniendo de un humor de perros, y echaba chispas. Tanto que hasta se mareó, ¿se le habría bajado la tensión? Caminó un poco inestable hasta su cuarto, se colocó el tensiómetro en el brazo. Ese que había sido un regalo en su último cumpleaños, se tumbó en la cama y pensó:

–Qué mal estás, Rosita, que te han cambiado ya el tan ansiado ramo de rosas, por un tensiómetro, y ni tan mal que ahora te viene ni que pintado.

Sonó el timbre de la puerta, y pensó: «¿Quién será ahora?».

Volvió a sonar, con insistencia, como si alguien se hubiera dejado los dedos pegados en el pulsador.

De un salto se levantó.

–Va, va –gritaba mientras recorría el pasillo.

68

Abrió la puerta, dos agentes de uniforme. La noticia y de repente se vio suspendida por los brazos de los agentes, se sintió como el Cristo de Dalí suspendida en los abismos y en una oscuridad de vértigo.

Un dolor profundo, lacerante, recorrió desde su corazón hasta su cerebro, por su boca salió un «nooo» largo y rotundo que recorrió –y ascendió– por el hueco de la escalera, removiendo el eco cruel que rebotaba en todas las puertas vecinales como campana aguda, en un día de difuntos a los bordes del cementerio.

Puertas marrones que se abrían como tumbas, tras el eco agudo que salió de su garganta y rebotó en la caja alta y rectangular de la escalera.

Pensó en un momento en ese antiguo sueño, ese de dolor.

Murmullos horribles, como cuervos graznando sobre su cabeza, sus vecinos laceraban –golpeaban– más su confundida mente. Sus voces agudas y chillonas penetraban punzantes en su inconsciente –como un mal acoplamiento de sonido–. Esto era aún más cruel, su mente parecía un cubo de Rubik, un sinsentido que no podía comprender.

–¡Mi hijo! ¡Mi hijo! ¡¡¡Ellos nooo!!! ¡¡¡Nooo!!!

Repetía una y otra vez, eso fue lo siguiente que dijo.

Sus ojos dos crespones de un negro profundo, de alguien que acaba de morir en vida.

Madre de un verdugo. Su propio hijo la había matado en vida.

SINSENTIDO

Era una pareja que él había condenado al fracaso, a la espera; por la falta de interés, no se sabe. Y a ella sólo le faltaba tiempo para santiguarla y amortajarla como se merecía. A veces sí, otras no, y otras una duda inmensa. El colofón de otro fracaso estrepitoso. Lo que era cierto es que ya hacía bastante tiempo que el resentimiento y el reproche se habían colado en sus vidas. El resentimiento como alquitrán negro que todo lo impregna, como un tupido velo negro que todo corroe y ensombrece la vida.

Pero en los tiempos que corren todo parecía ser así, no se pedía perdón porque el yo, el yo, el yo. Se hablaban las cosas y tú y tú, y tu egoísmo.

Lo que pide el otro siempre es egoísmo, porque no piensa en mí. Así como pienso yo. Porque no se ciñe a lo que yo realmente quiero, claro, sin pensar en él.

¿Tenía ella que escribir el epitafio de su propia tumba? De algo que quizás ya llevaba mucho tiempo muerto. Que era lo que realmente se había construido. Solamente una espera larga, un quizás habrá un mañana. La postergación del cuento y de la historia en base a sus ilusiones. ¿Qué habían construido como pareja?

Pequeños momentos como copia y pega de un ordenador, en el espacio ubicado para un relato. Pequeños trozos de anuncios de personas felices y sonrientes, en medio de una programación basura, que es como una gran marea de mierda, o por lo menos un sinsentido.

¿Había sido esto un relleno banal del sentido de la vida?

Tengo, tengo. Tú no tienes nada....

¿Y a dónde se fue el tiempo? El único tiempo que se tenía para poder escribir una historia. O ni siquiera contarla, solamente se te pedía vivirla.

ESPERANDO EL MOMENTO

La única verdad es que las cosas no suceden dentro de ningún plan preestablecido, ni cuando otros nos lo imponga, o cuando a esta o aquella sociedad, le venga bien según sus reglas, sus creencias o lo inteligente o políticamente contemplado, para que nada se salga de los valores sociales o monetarios.

La única variable la pone nuestra existencia. Porque no hay ningún tiempo mínimo, ni un tiempo máximo para el desarrollo, para la vida o la muerte de una historia.

Dos historias nunca son iguales, pues sus protagonistas son personas únicas e irrepetibles, en una ecuación fortuita aplicada por el destino. Por determinado momento, y en que la única variable necesaria e imprescindible tiene que ser las ganas, la ilusión, para llevar el momento que se te bendijo con ese don, todo a buen término. Y no dejarnos llevar por esta o aquella historia, que, aunque tengan matices parecidos, no tiene por qué resultar siendo como la vuestra.

El futuro no está escrito, la espera, la desilusión hacen que se lleven ese o aquel otro momento, la magia necesaria para la realización de la misma.

Pues no hay mayor fracaso que quedarse con las ganas.

No perderse en el intento, eso no es trascendente. La verdadera tragedia es quedarse sin intento. Es frustrante cuando no se ha podido decir «no he podido», no hay cosa más fatal para cualquier sueño que no saber si pudo ser, o no. Saber que la única verdad es que no se intentó. Ni tragedias, ni glorias, sólo un vacío inmenso. Un interrogante enorme. Un aliento mudo, un momento sin oxígeno, una apnea profunda, porque no se ha podido contestar.

Es como un hueco enorme en una habitación vacía, en donde solo existe la pregunta, ante una contestación nula, y el silencio lo impregna todo.

Y quedará todo en un *lapsus*, un borrón en la memoria. Hasta que, en las horas de la muerte nos aceche la misma pregunta, cuando nuestro último suspiro termine en una larga apnea...

UN MUNDO FELIZ

Vi gente llena de tiempos muertos, deseando estar en otro lado. Deseando estar a un kilómetro o dos, a un mundo de distancia. ¿Por qué no pueden ser ellos con el de al lado? Porque son un mero cartel de un mundo feliz.

Unos seres perfectos, que no reflejan su mundo de imperfecciones. Que alimentan cadáveres de consumo desenfrenado, de vísceras carroñeras de vivencias ajenas.

Vi un mundo con ventanas de móviles abiertas al submundo, al inframundo. A un mundo de ficción, donde la imperfección no existe, no tiene cabida.

Vi gente deseando el infierno, viviendo banalidades de otra gente, de fotografías de anuncios, de *sketches* de pura propaganda.

Y lo que creyeron saber, era toda una farsa. Para vender un producto, para auto venderse, sin generarles activos, generando cuentas en paraísos fiscales de otros.

Se convirtió en sus verdades, en su edén. Y se alimentaron al final de mentiras, de publicidad.

Fantasmas que se difuminaban cuando estaban unos junto a los otros.

¿Imágenes rotas? ¿Quizás hologramas de un mundo devastado?

A veces pienso que viven esperando esos breves instantes de felicidad inventados entre las realidades que los envuelven y los desconectan del prójimo.

Vi gente lobotomizada, o eso parecía.

Y yo aquí, penando en el otro lado. No sé cuándo, ni cómo llegué. Un día pasó sin más, viéndolos a ellos, y deseando cambiarme por cualquiera de ellos, un breve instante para poder volver a sentir el viento en mi cara, el sol en mis huesos. Mirar a la cara a los niños y verlos sonreír, que me sonrían. Que me agarren de la mano y poder sentir las suyas. Qué daría yo por volver a sentir un beso. Por volver a acariciar a mi amado. Por volver a dormir con él en su regazo. Tan solo ver mi imagen quizás en el espejo.

Sin embargo, yazco aquí, en el limbo en este mundo de sombras. Observando a otros que parecen estar más muertos de lo que yo estoy. No sé con qué propósito.

CAMALEÓN CON SOMBRAS

Era como un camaleón, se camuflaba en toda circunstancia. Adivinando las cualidades o deseos de una forma innata, casi mágica, disfrazando sus movimientos casi rítmicos al movimiento de otros. Parecía visto desde lejos la reflexión de una imagen en el espejo.

¿Era ella o no? Pasaba miméticamente a ser otra persona, a interesarle otras cosas que nunca le habían interesado. Pero en el fondo no sabía lo que era realmente de su interés. Nunca lo había sabido y eso que había compartido con ellas largas jornadas y experiencias de vida. Siempre la había creído sincera. A no ser ahora, vista desde lejos; en un rincón de aquel cuarto donde se encontraba. En aquella esquina casi tenebrosa de luz menguante, y vacío. Donde el cuarto en ángulo había logrado doblar su espacio, bajo el efecto del alcohol. Entre aquella multitud alborotada, surgían camaleónicas escenas mímicas de la gente con quien se cruzaba, camaleónica verborrea. Creencias, ideas ilógicas que nunca había creído que mentaría su boca. ¿Un vacío de ideas o una cabeza hueca? O una gran cabeza que hilvanaba de forma coherente y casi instintiva los deseos no mencionados por sus interlocutores. ¿Un don divino o un arma sumamente peligrosa? Que utilizaba para dar rienda a sus propios deseos, a la manipulación del espacio, a ver a otros como piezas de un ajedrez para su propio divertimento.

La observaba con curiosidad, en sus bailes rítmicos de una geisha en la coreografía de sombras chinescas. La sentía hoy oscura, vacía y un tanto peligrosa. La simpatía que le había profesado en otro tiempo daba paso a un escalofrío. A la vez que un interés súbito y digno de estudio y disección como si de un insecto raro se tratara.

Se percató de que se movía sigilosa, por el espacio y su foco, la mira de su rifle telescópico se había posado en el anverso de la sala donde acababa de entrar una tal Mary Anne, alta, esbelta, con un traje de infarto; de esos que sólo quedan bien cuando posees una figura esculpida en alabastro, sin una pizca de imperfección.

La entrada de Mary Anne había causado una parálisis general del revuelo de la sala, las miradas discretas algunas, indiscretas otras, se habían volteado a su paso. Y los hombres la observaban de lejos como paralizados por tanta perfección.

Ella la cercó como a una presa indefensa. Se había percatado en un solo vistazo de su timidez y quizás de su inseguridad. La cogió del brazo y eso sí muy simpáticamente, y con una gran sonrisa en la boca. La paseó de un lado a otro de la sala, con una complicidad, como si se tratara de

86

una antigua amistad de colegio o universidad. La había sumado a su equipo de un solo movimiento.

La misma sonrisa de siempre; esa de anuncio, que quedaba retratada de igual forma en todas las fotos que se le tomaban. La misma cara, la misma pose. La misma historia de aproximación, una táctica digna de los mejores ajedrecistas, en espera de un movimiento tal para ganar la partida. Para deshacerse de un solo golpe de su potencial rival.

Mientras la observaba, la miró que se volteaba a su espalda, y le susurraba algo al oído. La muchacha comenzó a jalar su vestido con esmero, como para colocar bien aquél que desde la distancia estaba y le quedaba impecable. Por un momento su mente retrocedió a aquel primer momento en el cual la había conocido. Y se retrotrajo a aquel instante en el que ella también, tras uno de sus comentarios, intentaba subirse las asillas porque ella le había comentado también en el oído, algo de su escote.

Ella pensó: «no es sino otra táctica. ¡Qué fuerte!». Y una sonrisa burlona apareció en su rostro.

Hacía ya más de dos años que la que había entrado por esa puerta era ella. Y de igual manera se acercó y la condujo por la sala, presentándole a todo el mundo y de manera muy encantadora y cordial.

En ese momento, lo agradeció. Pensó que se trataba de la anfitriona de la fiesta. Y no le pareció nada raro. Se quedaron en mitad de la sala, y se unieron a un corro, en el que ella en un instante y con un golpe maestro tomó la voz cantante. Contando esta y aquella historia en la que siempre era la protagonista.

Ahora piensa, visto de una forma más analítica, bajo el prisma del tiempo: «quizás demasiado encanto para una desconocida, no sé cómo en ese entonces no me resultó raro, cuando me enteré de que no era ella la anfitriona. Ni la que había cursado las invitaciones del evento».

Al despedirse le pidió el número de teléfono y se lo dio.

En aquella época lo estaba pasando muy mal, se sentía abatida e insegura, como perdida. Sus días pasaban de la casa al trabajo, en un ir y venir. Siempre la misma agonía repetitiva sin ninguna nota de encanto o variación.

Días más tarde, ella pensó: «creo recordar que era domingo por la mañana, cuando sonó el teléfono, no pensaba contestar, pero volvió a sonar insistentemente».

En la calle los acontecimientos se precipitaban, y una gran marea de gente, acudían como era casi habitual en los últimos tiempos. A una de esas concentraciones a favor de tal o cual pensamiento convocada por algún partido o asociación del momento.

Rituales de gente ella diría perdida, sin nada en lo que ocupar su domingo.

Sonó el teléfono con insistencia, pero no lo cogió, cuando llegó ya habían colgado, y el número que aparecía en la pantalla no lograba reconocerlo. En ese momento no se acordó de que le había dado su número. Más tarde sonó varias veces el portero eléctrico, contestó, al otro lado estaba ella

–¿Lita? –preguntó–. Eres tú.

En ese instante su mente, no parecía situarse en tiempo y espacio, una voz que le sonaba sin duda, en el auricular de su portero y la sensación de haberse trasladado por un momento, a varias noches antes en aquella fiesta.

–Abre muchacha, soy Nati. ¿No me recuerdas?

Atónita, pulsó. Y ella subió presurosa por las escaleras.

Le preguntó con cara de interrogación:

–¿Qué haces aquí? ¿Cómo sabes dónde vivo?

Ella contestó:

–Me vas a perdonar, pero no respondiste al teléfono, pregunté por ti a Tere –la anfitriona sin duda de la fiesta–, que tuvo que llamar a su vez a no sé quién, que creía que te conocía, y luego me devolvió la llamada con tu dirección. Y aquí estoy a buscarte para ver si te apetece ir conmigo.

–¿Ir a dónde? –pregunté.

A unas de esas concentraciones que estaban transcurriendo por la trasera de la avenida en favor de la igualdad de las mujeres. Y después se irían a comer a un parque cercano, donde repartían chuletas y vasos de vino. En ese momento pese a lo curiosa que me resultó su manera de proceder para dar conmigo, y después de haberme confesado que había estado en los alrededores de mi edificio, preguntando por mí, para poder encontrar mi piso. Pese a todo accedí.

El día estuvo entretenido, y como ella entablaba alegremente conversación con todo el mundo, hicimos un par de conocidos. De esos que piensan que la igualdad de la mujer consiste sólo en pagar a medias, en dejar de usar cualquier otro favoritismo. Pero que asumen que en cualquier otro campo tiene que venir posteriormente. Que se pague menos a las mujeres, y que, en las empresas, la mayoría en diferencia de oportunidades, los cargos directivos sean de varones. Eso hay que lucharlo, y falta mucho y ya vendrá, no se sabe cuándo. Pero si hay que empezar por pagar a medias, si me dices que me invitas, yo entro en cólera desenfrenada, si me cedes el asiento lo mismo. Pero si yo con mejores notas que tú en la universidad, obtengo después un puesto de subordinada tuya entonces sí, eso tarda, es difícil.

«Qué mundo de estupidez, postureo y fanatismo gratuito», pensó. Lo esencial es lo esencial, y no se puede perder de vista qué es lo esencial y primordial. Una sola renuncia a una cosa tan banal no puede ocultar los hechos de tan gran mentira –y solo cambiar ese hecho como si de un eslogan se tratara, y llevamos años ya con la misma cantinela y el fondo no se logra modificar–. Sí, eso dicen, que hay que cambiar la mentalidad, y que un sólo paso es el primero de un largo recorrido.

Pues sí que lleva tiempo dar un sólo paso, el recorrido lo verán mis tataranietas. O se negarán a ser invitadas, ni una sola vez, y eso será todo.

Al final del día, y después de la misma disertación a uno de ellos, Rubén se llamaba; le pidió su número. A Nati le cambió la cara cuando se lo contó, parecía algo molesta pero no le dio importancia.

Días más tarde, después de varias citas con Rubén, salían de un bar de copas, y coincidieron –aunque no sé yo si se trataba de una coincidencia–. Ya que posterior a eso se había dedicado a telefonearle, una tarde y otra también, para saber de ella.

Ella se acercó muy afectuosamente, no con ella, si no con él. a Lita apenas la saludó.

«Mira, Angelita» pensó ella, hablándose a sí misma, «no lo recuerdas bien, pues yo te lo refresco». Cogió a Rubén por el brazo puesta de frente y a ti te hizo a un lado, tú la mirabas e intentabas hablar con ella, pero no contestaba. Ella sacudía las pestañas como la Minnie en los dibujos animados, sosteniendo su mirada y asida al brazo de él, que no soltó en ningún momento. Te sentiste molesta. Fuiste al baño y regresaste más tarde.

Ya, no tenías la suficiente confianza con él para reprocharle lo ocurrido, tan sólo habían quedado un par de veces.

91

La siguiente vez que quedaste con él en el mismo bar, ella no estaba, pero sí estaban un corro de sus fieles seguidoras, un par de amigas con las que solía salir.

Se acercó una de ellas, fuera de sí como la que está loca y te dijo:

–No sé cómo puedes seguir saliendo con ese tipo, que la otra noche nos dijo Nati que se la estaba comiendo con los ojos, es asqueroso.

Tú estabas atónita. La versión había cambiado.

–La verdad –le dijiste–, es un amigo.

Y te respondió:

–Ah sí claro, claro.

Si te soy sincera; aunque creo que Rubén no tuvo la culpa, no del todo, la cosa desde ese incidente nunca fue igual. La versión que Nati les había contado era pasmosa.

–La verdad Angelita, Lita para las amigas, una representación digna de telenovela con giro dramático –y sonrió.

Pese a todo siguió cogiéndole el teléfono, o abriéndole la puerta porque se presentaba en su casa a cada momento. Incluso un día que se levantó de la siesta, y había sonado el interfono. La pudo oír hablando con una vecina, la que le había abierto la puerta del portón porque ella no le había contestado. Diciendo:

–Sí ella está dentro, se estará bañando o algo, y no habrá oído el timbre.

Ella tenía un interés fuera de lo común por todo lo que a ella concernía, pensó. Por lo que pensaba y lo que sentía respecto a esto o lo otro.

Sus interrogatorios se volvieron más incisivos. y a Lita llegó a molestarle, se pudo dar cuenta que cuando ella realizaba cualquier pregunta ella cambiaba sutilmente de tema. En el fondo era para ella una gran desconocida.

Una gran desconocida, que invadía su espacio y su vida. A la que no había dado permiso para tal cosa. Se lo tomaba y punto, llegó a percibir una falta de respeto en todo ello.

Después de hablar con ella de su forma de actuar, pareció que lo había comprendido. Pero pudo percibir en su rostro molestia y soberbia.

Ya en primavera, dos meses después, cuando las jacarandas se desprenden de sus hojas, y las aceras parecen tener un manto lila casi mágico y romántico. Ella en la ventana observaba como ensimismada el efecto del color en el gris de las calles, y allí estaba ella de nuevo agitando sus manos desde la acera de enfrente, se dirigía de nuevo a su casa, como ya era habitual, sin aviso previo.

Volvía a necesitar de su compañía, porque el anterior mes no se había dignado ni a llamarla. A ella le habían llegado rumores de que seguía frecuentando el mismo bar, con su camarilla de siempre, y la habían informado, sin ni siquiera preguntar de que las otras dos se irían de viaje en breve. Y además su informadora, la cual se había cruzado con ella en plena calle añadió de forma burlona:

—Ya tendrás noticias de ella, ya verás.

93

De nuevo la convenció para ir a tomar una copa en el mismo bar de siempre, el Luz azul, aquel mismo bar donde se la había cruzado aquella vez que estaba en compañía de Rubén, a ella no le hizo ni pizca de gracia. Le pareció inoportuno y de mal gusto, tanto que se lo comentó y ella añadió:

—No seas boba, este bar está muy bien, y siempre se encuentra uno con alguien interesante.

Nada más terminar de pronunciar esta frase, ahí aparecía él, Rubén, como por arte de magia, iba de mano de una rubia de pelo ensortijado. A ella le pareció algo muy divertido y anecdótico, algo sin duda para contar en su próxima reunión. Se dio la vuelta y con una sonrisa en los labios le dijo:

—Si quieres yo puedo hacer que se enfade con ella, ¿qué te parece?

Lita no entendió, lo decía de una forma muy convencida y con pleno conocimiento de saber a qué se refería. Ella solo le pudo decir:

—Si a él le gusta, todo está bien y nada se puede hacer.

—No creas —respondió—, yo puedo hacer que sea ella la que se enfade. Y sonrió de una forma un tanto maquiavélica.

Ella no siguió la conversación. Le llegó a molestar su convencimiento y su falta de moralidad.

Rubén la saludó, y ella de lejos le devolvió el saludo, para no acercarse y dar pie a ningún malentendido.

Al cruzar la sala, para buscar asiento. Nati se acercó a ella y le dijo:

–Te voy a presentar a un amigo de lo más interesante, verás, verás que te va a gustar mucho. Lita le contestó:

–Deja de presentarme a nadie.

Pero caso omiso, se acercó a aquel muchacho medio rubio de la barra, y cogiéndolo por la cintura, le dijo:

–David, te presento a una amiga mía muy especial.

La verdad es que el tal David, era encantador, muy simpático y parecía muy interesado en conocerla.

Al marcharse salió con ellas del bar, y las acompañó haciendo de taxi llevando a cada una su hogar. La primera parada fue la casa de Lita, y ellos continuaron en el coche hasta el domicilio de Nati.

A la mañana siguiente fue Nati la que la llamó a primera hora.

«Por Dios, quién llama hoy domingo a las 8 de la mañana», pensó Lita.

–Lita, soy yo estamos invitadas las dos a una paella en casa de David a las dos de la tarde.

–Yo no voy –le dijo–, estoy cansada

–¿Cansada? Pero si ayer sólo estuvimos hasta las tres de la mañana. Venga, no seas vaca. Duerme un poco y después te vuelvo a llamar. A David le haría mucha ilusión. Esta mañana paramos por fuera del mercado, esperando a que abrieran para que él pudiera comprar los mariscos para la paella. Vuelve a dormirte, te llamo luego –y colgó.

A las 11 volvió a llamar, y sin preguntar le dijo «a la 1 paso por tu casa a buscarte, coge el bañador». Y colgó. La dejó con la palabra en la boca.

Bueno, lo había pensado y le parecía una buena idea, además como ella llevaría el coche pues no estaba tan mal.

A la 1 en punto sonó el interfono.

–Baja anda, que no hay aparcamiento en esta calle y tengo el coche parado a mitad de la vía.

Ya estaba preparada, y bajé.

Ya en el coche, me comentó:

–David está como loco contigo; propuso lo de la paella y me hizo ir a acompañarlo por fuera del mercado hasta que abrieran, fue una paliza. Además, me dijo que te sondeara para saber si también a ti te había gustado.

–Bueno me pareció un chico bien –le contesté.

–Qué falta de entusiasmo, por Dios.

–Es que no quiero echar a volar campanas al viento tan pronto –y sonreí.

El día fue estupendo, la casa de David, un pequeño adosado, estaba bien, tenía piscina. Lo cual con el calor del día apetecía para darse un baño, pasar un buen rato refrescándose y dando un par de brazadas. Y él preparó una paella de lo más apetitosa.

En un principio mientras ella estaba en la piscina, pudo observar mucha complicidad entre ellos. Mientras él preparaba la comida, ella permanecía a su lado, y entre risitas le pasaba el brazo por la cintura de él.

Al final de la tarde, le comentó que estaba interesado en ella y quería invitarla a salir el próximo fin de semana.

A ella le extrañó lo claro que había sido, y que no se anduviera con rodeos, no estaba acostumbrada a aquello. Ella accedió.

El siguiente fin de semana quedaron por fuera del cine que había en la esquina, para dar una vuelta y ya se vería si película o no. Dependiendo de la hora, y de la cartelera. En eso habían quedado por teléfono. Al llegar atravesando la calle desde la acera de enfrente, lo estaba viendo mientras pensaba:

–La verdad que el chico está bien, míralo ahí con ese porte un poco delgado pero muy de mi gusto.

Al llegar y darle un beso en la mejilla para saludarlo, oyó una voz gritona a sus espaldas.

–Litaaa.

No me lo podía creer, era ella. Había decidido sumarse y él no se lo había podido impedir, según le confesó más tarde.

Ella estuvo asida todo el tiempo a su brazo. Él la soltaba cuando podía, pero ella no se daba por aludida, decidía, sobre todo, hasta decidió que al cine era mejor otro día. La verdad en el único momento que estuvieron solos fue al final de la noche, cuando ya se iban, en el que ella desapareció diciendo que ya se verían.

Él la besó.

Quedaron al día siguiente solos, y todo fue muy bien.

Un par de días después, la llamó Nati:

—Mira vamos a ir a comprar al centro comercial de las afueras, sí ese que tiene un montón de ofertas en cosas de marca. Venga que nos lleva David en su coche.

—¿David? —pregunté. Me extrañó porque habíamos hablado esa mañana, y él no me había comentado nada.

Ya en el coche de David, ella entró por la puerta junto al conductor, sin dar la opción a ninguna otra cosa. Diciendo de manera alocada:

—Yo no puedo ir detrás que me mareo, ¿verdad, David?

Lita era la primera vez que le oía tal cosa. Y no podía evitar estar tan perpleja, tal situación había disipado su gran enojo.

Pero ahí no acabó el día, al llegar se bajó del coche y corrió hacia David, tomándolo del brazo comenzaron a caminar con paso apresurado y a ella la dejaron atrás. Ella corría como una tonta tras ellos, hasta que se cansó. Y dio media vuelta y se marchó hacia la zona del aparcamiento donde habían estacionado el coche. Pensó en llamar a un taxi y perderse de allí para siempre, al final pensó:

—Le estoy haciendo el juego, y subió a la zona de cafetería previa al párking para poder verlos cuando llegaran. Tardaron un rato en lo que ella se tomó su cortado, ella los vio entrar en el aparcamiento. Ella los llamó, Nati se dio la vuelta, parecía atónita tanto que sus ojos oscuros parecían el doble y casi le ocupaban toda la cara.

Nati dijo:

–¿Muchacha dónde te has metido? Habíamos llegado ya a la tienda cuando me volteé y no te vi por ninguna parte.

Ella le contestó:

–Si hubiesen estado pendientes de mí, o caminando junto a mi persona se hubieran percatado de que me había perdido. Pero nada, ustedes ni cuenta.

David pidió disculpas, pero ella no emitió ninguna palabra al respecto.

Ya en el coche, insinuó que David debería dejar primero a Lita y después a ella.

Lita le dijo:

–No puede ser, porque David y yo hemos quedado para subir a mi casa.

Ella contestó:

–Me voy a unir a ustedes.

A lo que Lita respondió de forma burlona:

–No me van los tríos. Y David sobre eso no puede opinar.

Ya en su casa habló claramente con David.

Al llegar a su casa, David intentó besarla, ella lo paró en seco.

–David –le dijo–, tengo que hablar contigo de lo sucedido.

Hablaron largo y tendido de lo acaecido esa tarde. Él se escudó diciéndole que ella tenía esa costumbre, que desde que habían compartido un par de noches, aunque había sido tiempo atrás. Él después de eso había estado un par de años enganchado a ella. Esa fue la palabra que utilizó.

Y que ahora él estaba por ella, que Nati no le interesaba, desde hace mucho. Que le gustaba demasiado, y reconoció que tenía que haber cortado tal situación. Y más sabiendo que no era la primera vez que le pasaba lo ocurrido.

Lita le dijo que de aquello no tenía conocimiento, que no sabía nada de su relación.

Él se extrañó, y que nunca si lo llega a saber hubiera aceptado sus invitaciones. Por lo tanto después de lo sucedido, y de lo que se acababa de enterar, le pidió dejarlo así.

Y le comentó con enfado cómo era que Nati no le había mencionado nada de todo aquello.

De Nati no supo nada en toda la semana. Ella tampoco pensó en ningún momento llamarla para pedir explicaciones.

El fin de semana llegó y un par de compañeras del trabajo, le dijeron que iban a salir ese viernes y que si quería podría unirse a ellas, ella aceptó.

Salieron a cenar a un restaurante cercano, y después le dijeron de seguir para una copa, Lita aceptó. Aunque no le gustó que el bar elegido fuera el mismo de siempre, claro estaba de moda, y era donde se reunía gente de una edad aproximada. Ella intentó disuadirles pero no hubo nada que hacer, además no conocía ninguna opción para poder proponerles.

Al atravesar el bar en la barra, se cruzó con Rosi, aquella que formaba parte de la camarilla diabólica de Nati.

–Hola –le dijo.

Rosi se volteó con su voz chillona y vibrante y dijo:

–A mí, ni me saludes, yo no necesito amigas como tú, yo no sé cómo la pobre Nati te aguanta.

Ella se quedó petrificada y pensó esa chica está cada vez más loca. Por dónde le habrá dado la ventolera esta vez.

Días más tarde paseando en su barrio, volvió a cruzarse con aquella informante, de la que no conocía ni el nombre, que parecía saber todo lo que se cocía en torno a Natí y sus colegas. Y discretamente sacó el tema contándole lo sucedido con la tal Rosi.

Ella apostilló:

–¿Es que no te lo imaginas? Si sales con el ligue de otra eso es lo que te espera.

–Pero si yo no sabía nada, fue ella quien me lo presentó, y me lo aconsejó como buen chico. A mí si me dicen que es un amigo, yo lo creo. No voy a realizar una investigación a fondo para saber el alcance de tal término.

–Yo te creo, la conozco a ella y no ha sido la primera vez. También te digo: que sepas, que hace una semana estuvo en el bar con sus amigas llorando amargamente, hablando de ti y de tus traiciones, así que no te extrañe si la gente te cuestiona y te da la espalda.

La verdad Lita estaba atónita por lo sucedido. Y no dejaba de pensar que la damnificada era ella.

¿Y qué se suponía que ganaba Nati con tal situación? ¿Por qué se lo ocultó? ¿Por qué dicen que la habían visto llorar? No lo entendía , al final llegó a la conclusión: ¿cómo no fuera un simple afán de protagonismo?

Ahora aquí cerca de un año después y viéndola desde esta esquina, y fijándose en su comportamiento lo entendía. Era afán de control, de manejar el juego a su manera, de mover fichas a su antojo. Utilizando a los demás como marionetas en un acto inventado para su lucimiento personal, y su deleite por la actuación.

Cuando se levantó para cruzar la sala hacia la salida, se cruzó por un instante con la tal Mary Anne, tanto que su brazo tocó literalmente el de ella, y tuvo que disculparse. Pensó en decirle algo. Pero recordó aquel momento en el que era ella la recién llegada, y como alguien le dijo:

—Cuídate —luego Nati se había interesado por las palabras de la desconocida, y añadió—, esa chica no está bien.

Ahora comprendía ese instante y lograba entenderlo todo.

Hoy se había dado cuenta que sus percepciones no obedecían a hechos irreales, eran sondeos imperceptibles de una realidad que, aunque intentaran ocultársela la presentía, pensándola unas veces como casi ciertas y otras como locura.

ÍNDICE